T0246820

Espía de la primera persona

Sam Shepard

Espía de la primera persona

Traducción de Mauricio Bach

EDITORIAL ANAGRAMA
BARCELONA

Título de la edición original:
Spy of the First Person
Alfred A. Knopf
Nueva York, 2017

Ilustración: © Victoria Will

Primera edición: noviembre 2023

Diseño de la colección: Julio Vivas y Estudio A

© De la traducción, Mauricio Bach, 2023

© The Estate of Sam Shepard, 2017
  Publicada por acuerdo con Alfred A. Knopf, un sello de The Knopf Doubleday
  Group, división de Penguin Random House, LLC.

© EDITORIAL ANAGRAMA, S. A., 2023
  Pau Claris, 172
  08037 Barcelona

ISBN: 978-84-339-1335-7
Depósito legal: B. 12436-2023

Printed in Spain

Romanyà Valls, S.A.
Verdaguer, 1, 08786 Capellades (Barcelona)

En memoria de Sam

A los hijos de Sam, Hannah, Walker y Jesse,
les gustaría dejar constancia de su admiración
por la vida y la obra de su padre y por el tremendo
esfuerzo que hizo para acabar este libro.

1

Lo observo desde la distancia. Es decir, lo observo desde el otro lado de la calle. Resulta difícil determinar su edad debido a los ventanales del porche cubierto. Debido a los estores. Purpúreo. Llanero solitario. Bandido enmascarado. No sé de qué se está protegiendo. Permanece encerrado tras los ventanales del porche, envuelto por el zumbido de los insectos y el piar de los pájaros y un montón de bichos propios del verano —mariposas, avispas, etc.– que revolotean en el exterior, pero a esta distancia es muy difícil determinar su edad. La gorra de béisbol, los tejanos sucios, la camiseta vieja. Hasta donde logro distinguir, está sentado en una mecedora. Una mecedora que parece sustraída de algún Cracker Barrel.[1] De hecho, todavía tiene la ca-

1. Cracker Barrel Old Country Store es una cadena

dena de seguridad rota alrededor de una pata. Desde la distancia a la que observo me parece roja, pero también podría ser negra, algunos de esos colores provienen de los Marines, otros del Ejército, otros de la Fuerza Aérea, en función de la profundidad del patriotismo de cada uno, y él se pasa el día meciéndose. Eso es todo. Contando historias de un tipo u otro, pequeñas historias. Historias de batallas. De vez en cuando aparece alguna persona y lo ve sentado en el porche en su mecedora, murmurando para sí mismo. Y se acerca y se sienta. Parecen conocerlo. Al principio parece que no, pero después resulta que sí. Uno de ellos tal vez sea su hijo. Alto y desgarbado. Otra acaso sea su hija. Otras dos podrían ser sus hermanas. Entran y salen de las profundidades de la casa, pero desde esta distancia resulta difícil dilucidar lo profunda que es la casa.

Los petirrojos pían su aprobación. Más o menos. Por algún motivo, aquí los petirrojos siempre están piando. Creo que básicamente porque protegen sus nidos. Protegen sus huevos azul claro. De los cuervos y los mirlos. Pájaros que se lanzan en picado. Pájaros amenazadores que in-

---

de restaurantes y tiendas de regalos que explota la temática rural y sureña. *(N. del T.)*

tentan robarles sus crías. Los pequeños petirrojos, con sus plumones colorados, pían como locos
intentando ahuyentar a los cuervos. Esos pájaros
enormes y malvados.

2

Me hicieron todas esas pruebas. En mitad del desierto. El Desierto Pintado.[1] La tierra de los apaches. La tierra de los saguaros. Me hicieron análisis de sangre, claro está. Todo tipo de análisis para valorar mis glóbulos blancos, mis glóbulos rojos, el equilibrio entre unos y otros. Después me hicieron una prueba en la médula espinal. Me hicieron una punción lumbar. Me hicieron resonancias magnéticas. Me metieron en máquinas de resonancia magnética que les permitían explorar todo mi cuerpo para comprobar si había algún tipo de parálisis en huesos o músculos. Secciones transversales, capturas de varias capas de tejido. Rayos X. Imágenes fantasmagóricas. Buscaron signos degenerativos y todo tipo

1. Nombre de una zona desértica al norte de Arizona. *(N. del T.)*

de cosas sin lograr dar con una respuesta, hasta que por fin un tipo, creo que era un neurocirujano, con cabello negro, bata blanca y gafas me sometió a estímulos eléctricos con unas varillas de acero. Me inyectó una en cada brazo y a través de ellas pasaba la corriente eléctrica y yo sentía los calambres en los brazos. Él fue quien me explicó que algo no iba bien. Y yo le dije, bueno, ya sé que algo no va bien. ¿Por qué cree que estoy aquí? Él se limitó a mirarme con expresión neutra.

Por las mañanas desayuno en un garito mexicano. Enchiladas. Queso y huevos. Chile verde.

3

Aquí antes había plantaciones de árboles frutales que se extendían hasta donde alcanzaba la vista. Como postales. Plantaciones de naranjos, de olivos, de vides, de aguacates, de limoneros, de perales. Plantaciones de todo tipo que correspondían a las nacionalidades que las habían traído aquí. Por ejemplo, los italianos y los españoles trajeron las naranjas y los aguacates –bueno, los aguacates llegaron a través de México–, las mandarinas y los pomelos, ese tipo de cosas. Los italianos trajeron los olivos. Directamente desde Padua, con sus hojas plateadas y las ramas retorcidas como viejos marineros. Troncos negros, hojas plateadas. Había plantaciones de olivos por todas partes. Hacia el norte, en Chico, había almendros. Plantaciones de almendros que en primavera se teñían de blanco. Hermosas plantaciones de almendros que parecían muestras de caligrafía japonesa. Preciosas. Bosquecillos de nogales. Palmeras en el desierto de Indio. Altas. Muy altas. Algunas de ellas de treinta metros o más. Había un pueblo fronterizo entre California y Arizona. Lo atravesaba el río Colorado. Estábamos en 1953 y los hombres blancos se disfrazaban de árabes en camellos y desfilaban calle arriba y calle abajo con su fez de la marca Shriner, jugando a ser orgullosos árabes. Eran tíos del Medio Oeste, que regentaban barberías y pequeños supermercados y usaban gafas de culo de botella. No habían visto el desierto en su vida. Yo solía ir en el asiento trasero de un Chrysler, cerca del río Colorado, con mi tía, mi tía abuela, que tenía el cabello azulado y era galesa, y cuyo marido, bastante rico, había fallecido por aquel entonces. Se llamaba Charlie Upton y era de Liverpool. Y tenía debilidad por el whisky y las peleas de bar. En una de ellas le habían arrancado una oreja de un mordisco. Estilo Mike Tyson. La mitad, de modo que solo tenía media oreja en un lado de la cara. Ya no recuerdo qué lado era. En cualquier caso, era lo bastante rico como para haberse comprado un Chrysler en el mercado negro durante la guerra. Era un coche grande y pesado. Precioso. Perfecto para carretera. Tenía asientos con la tapicería a cuadros. A cuadros rojos, de un solo color. Un océano de cuadros. Tenía un reposabrazos abatible en mitad del asiento trasero y en la parte posterior de cada uno de los asientos delanteros había una especie de cordón que los atravesaba. Supongo que para cogerte de él para entrar o salir del vehículo si eras una persona muy mayor. Yo por aquel entonces no era mayor, tendría ocho o nueve años, y mi tía abuela, que era la hermana de la madre de mi madre, se llamaba Grace y tenía el cabello azulado. Me llevaba en el coche a Indio, al festival de los dátiles en el que tomábamos batidos de dátil y contemplábamos a los hombres blancos disfrazados de árabes que desfilaban montados en camellos de un lado a otro de la calle bajo el intenso calor. En la copa de las palmeras de treinta metros se veían loros asomando la cabeza. Rojos. Negros. Y verdes. Batidos de dátil, imaginad cómo serían.

Por el camino hay un lugar que siempre me hizo sentirme relajado, y no sé por qué. Detrás hay un embarcadero. Ese embarcadero lleva al Pacífico. Ese embarcadero chirría y lanza lamentos. En ocasiones, cuando lo cruzan vehículos, parlotea y hace ruidos sordos. Los maderos repiquetean. La arena cubre la acera. Es arena que trae el viento desde la playa. Surfistas de doce o quizá trece años cargan las tablas bajo el brazo de regreso a sus casas en el ocaso. Visten bermudas, llevan el cuerpo embadurnado de crema solar.

Los siguen pequeños perros. Pequeños perros sin pedigrí. Los pelícanos se posan sobre el embarcadero. Las gaviotas descienden en picado. Los andarríos canturrean y pían y bailan sus danzas. Las algas flotan en el agua. A lo lejos dos personas en bañador se ponen de pie en la playa y doblan una enorme toalla naranja. Las ardillas corretean en busca de refugio. El sol se pone sobre el Pacífico. La gente abre las puertas de sus coches con el mando a distancia. Pulsan botones, envían órdenes a los coches, hacen que las puertas emitan un zumbido, un canturreo, sonidos como salidos de *Encuentros en la tercera fase*. La gente se mete en sus coches, arrancan el motor, salen del aparcamiento bajo las palmeras, pasan junto a los parterres y los comedores acristalados donde camareras rubias sirven langosta. Alguien apaga un cortacésped. Alguien espera sentado en una parada de autobús. Alguien espera a alguien. Empiezan a encenderse las luces. Empiezan a servirse cenas. Traen cazuelas humeantes con algún guiso. Puede que sean cangrejos. Puede que sea bacalao. Cuencos rebosantes de bacalao. Cuencos rebosantes de arroz humeante. La gente regresa a sus casas. Alguien espera a alguien. Alguien espera el autobús. Todo el mundo está esperando a alguien para llevárselo de allí, para llevárselo lejos de allí. Abajo empiezan a nadar, aunque todavía

19

no ha oscurecido, pero ya empiezan. Los viejos empiezan a beber. Hay chicas fumando cigarrillos. Las olas mecen las barcas. Suenan las campanas. Algunas barcas descargan las redes. Redes llenas de pulpos que se desparraman por el muelle. Alguien espera.

Pero en esta sala están sirviendo platos rebosantes de ostras, platos rebosantes de langosta. Pescado y arroz humeantes. Están sirviendo grandes vasos de cerveza. Acercándose a los ventanales, alguien habla de la carrera. Lo recuerdo perfectamente. Alguien dice: «Han disparado a un caballo. Al que iba en cabeza. Han disparado al caballo que iba en cabeza. Hay un jockey en el suelo. Ese va a ser el titular».

4

No acostumbro a ser una persona suspicaz. No voy por ahí volviendo la cabeza por si acaso. Pero tengo la sensación –no puedo evitarlo– de que alguien me observa. Alguien quiere saber algo. Alguien quiere saber algo sobre mí que ni siquiera yo mismo sé. Percibo cómo se acerca cada vez más. Oigo su respiración. Puedo deducir que es varón por el olor de su aliento. No sé qué quiere. Cada vez se interesa más por mis entradas y salidas. Por mi persona. Parece querer conocer detalles sobre mis orígenes.

5

¿De dónde venimos exactamente? He ahí
una pregunta. ¿De un desierto? ¿De un bosque?
¿De una montaña? ¿De una pradera? ¿De dónde
venimos en realidad? ¿Del río Colorado?
Si estuvieras viajando por un país extranjero
y perdieses a tus perros y perdieses tu coche y
perdieses la nota que tu madre te colgó del cuello
y perdieses la ropa y permanecieses ahí plantado
desnudo y apareciese alguien y te preguntase de
dónde eres, ¿qué le responderías? ¿Le preguntarías a tu ancestro portugués? ¿O le preguntarías a
la Armada española? Alguien lo ha olvidado.

6

A decir verdad, no sé de dónde salió. Lo descubrí por casualidad. Echado hacia atrás, boqueando en busca de aire. Yo estaba sentado aquí de un modo muy similar a como está sentado él ahora, jugueteando con los pulgares, y al mirar hacia el otro lado de la calle vi esa mecedora moviéndose y me percaté de que había alguien sentado en ella. Y ahí estaba él. Apareció sin más. No sé si alquiló o compró la casa y después invitó a las demás personas, o si esas personas ya estaban ahí y él fue a visitarlas o si ha alquilado una habitación por un periodo breve. No lo sé con certeza. A veces la gente aparece así, sin más, de la nada. Aparecen y desaparecen. Muy rápido. Como una fotografía que emerge de un baño químico.

7

No estoy seguro de qué ve ahora, pero el aire es tan brumoso que ni yo mismo estoy seguro de qué veo. No sé si está hablando consigo mismo, con otra persona o qué hace exactamente. En este momento no se oye el canto de los pájaros. Hay nubes blancas y esponjosas por todas partes, pero el aire sigue siendo brumoso. Los árboles están volviendo a la vida. De los cables del teléfono cuelgan un par de deportivas rojas, sostenidas por los raídos cordones.

Se pasa el día comiendo queso y galletas saladas. Té helado. Lo bebe a sorbos. Pero tiene algún problema en las manos y los brazos. Me he fijado en eso. Manos y brazos no le funcionan bien. Utiliza las piernas, las rodillas y los muslos para acercarse los brazos y las manos a la cara para poder comer el queso y las galletas saladas. Parece que tiene que ir al baño o algo así de forma periódica. Se pone en pie. Cuando lo hace se tambalea. Parece que va a caerse. Amenaza con desmoronarse. Debe de ser el motivo de que del retrovisor de su coche aparcado en el camino de acceso a la casa cuelgue un distintivo de discapacitado. Se tambalea de un lado a otro. Hace señas. Parece que vaya a caerse en cualquier momento, pero eso no llega a suceder. A veces pide ayuda a uno de los suyos, a uno de sus hijos o hijas, o a alguna otra persona cercana como sus hermanas. Hace un gesto y ellos salen al porche. En otras palabras, se pone en pie, se tambalea y hace lo mismo una y otra vez. Queso y galletas saladas, té helado, lectura. Después llama a alguien, aparece ese alguien y lo atiende. Lo trasladan al interior de la casa. Lo cogen del brazo y lo acompañan dentro. Él pasa por una puerta acristalada, entra en la oscuridad de la casa y desaparece. Es imposible saber lo profunda que es la casa. Cuando vuelve a salir, a menudo acompañado por la misma persona, cogidos del brazo, le suben o le bajan la cremallera. Le suben la cremallera de los pantalones. En otras palabras, ha realizado un acto muy íntimo. O bien ha orinado o ha hecho lo otro, y los demás lo ayudan a hacerlo. Lo ayudan a recomponerse y lo vuelven a dejar en la mecedora. Lo ayudan a sentarse con suma delicadeza, aunque hay un momento en que se deja caer hacia atrás, jadeando y boqueando. Dice: Cuanto más incapacitado estoy, más alejado de todo me siento. ¿Estoy viendo todo esto? El aire sigue brumoso. Tal vez os preguntéis por qué. Por qué estoy tan interesado en todo esto. ¿Es pura curiosidad o hay algún otro motivo? Por ejemplo, ¿me ha contratado una misteriosa agencia de detectives? ¿O todo esto es puro azar?

8

¿Por qué me mira? No lo entiendo. En estos momentos nada parece funcionarme. Manos. Brazos. Piernas. Nada. Permanezco tendido. Esperando a que alguien me encuentre. Me limito a mirar el cielo. Huelo su proximidad.

9

Era esa hora del día que me encanta. Sobre la que se han escrito canciones. La hora del día en que el atardecer va dando paso a la noche. Crepúsculo, creo que lo llaman, y yo miré a hurtadillas hacia el otro lado de la calle. Miré a hurtadillas hacia el otro lado de la calle con la esperanza de poder echar un vistazo a ese hombre antes de que iniciara una conversación con alguien visible o invisible. Crucé la calle. Llevaba tres días seguidos lloviendo. Lloviendo. Por la calle todavía bajaba agua. El agua bajaba por todas partes. Ya no era de lluvia, sino residual. Llegué a la otra acera sorteando los coches aparcados, sorteando todo tipo de coches aparcados. Había Toyotas, Chevys, Fords y Zumbayas. Todo tipo de coches, y llegué hasta el seto, que no era ni de camelias, ni de hortensias, ni de nada por el estilo. Era inidentificable. De él emergían flores blancas, pero yo no lograba identificarlas. A él lo entreveía a través de las flores blancas, del seto. Pero no estaba del todo seguro de que fuese él. Desde allí veía algo, pero no muy claro. Qué más da. Ya lo dilucidaré más tarde. Eso es lo que tiene lo de «más tarde». Uno no sabe lo que va a suceder. Uno no sabe cómo van a acabar atándose todos los cabos sueltos. Está claro que algo va a suceder, pero no sabes qué. Por ejemplo..., por ejemplo ahora estoy en el exterior. Aquí con los pájaros y los insectos. No exactamente en el exterior, pero bastante. Estoy a medio camino. Ya no es como antes. Las nubes. El inmenso cielo. Las flores. El piar de los pájaros.

10

Parece que ayer mismo jugábamos a bochas. Tú y yo. Por aquel entonces tú eras un hombre. Las bochas eran un deporte para viejos, pero tú eras joven. Te gustaba sentir el peso de la bola de hierro, que golpeaba la arena con un ruido sordo. Las bolas entrechocaban con un ruido metálico. Dejábamos los cafés en el pasamanos. Jugábamos en un viejo restaurante. Tenían un campo de arena. Un viejo restaurante en lo que había sido un granero. O un secadero de pasas. No recuerdo exactamente qué. En una pequeña ciudad hacia el norte. Tenía una parte interior y otra exterior. Le habían dado un aire muy italiano. Muy del Viejo Mundo. Había lamparitas colgando. De distintos colores. Las paredes eran de ladrillo. Velas en las que goteaba la cera. En una pequeña ciudad en la que los trabajadores inmigrantes esperaban en las esquinas a que les ofreciesen trabajo. Sentados en las paradas de un autobús que nunca llega. No parece importarles mucho conseguir o no un trabajo. Simplemente se reúnen cada mañana por camaradería. Por la conversación. Todos esos trabajadores inmigrantes hablan su propio idioma. Por el mero placer de mantener el contacto con los conocidos. Ahora lo veo muy claro. Es como si pudiese visualizarlo. Hay, si no recuerdo mal, una cafetería regentada por una chica de Berkeley. Preparaba un montón de cafés. De todo tipo. Los había de Brasil. De África. Del corazón de México. Tú tenías un rollo con ella. Por aquel entonces, parece que fue ayer. Yo dormía en el suelo de tu lavadero. De cemento azul. Me pasaba la noche oyendo los coches que iban y venían de Calistoga. Creo que era de Calistoga. ¿Adónde iban a ir si no? Gente de vacaciones. Gente sin nada mejor que hacer. Tú dormías en el loft que te habías construido. Tenías un gato manx. Solía saltar desde su percha sobre tu saco de dormir y te plantaba las patas en el cuello. Era beis, con penachos en las orejas. Creo recordar que se llamaba Max. Y después tú entraste a trabajar en una tienda de piensos. Creo que eras especialista en canarios. Te sabías todos sus cantos. Sabías de dónde procedía cada uno por su canto. Italia, Inglaterra, España, Turquía, Grecia, Francia. Cada uno era único. Te pa-

sabas el día recopilando cantos. Eras un coleccio-
nista. Huevos. Colores. Los había de un amarillo
luminoso. Los había de un amarillo anaranjado.
Los había mudos. Había uno negro. Un canario
negro. Que no cantaba.

11

No puedo evitar percibir cierta similitud entre él y yo. No sé muy bien de qué se trata. A veces parece que seamos la misma persona. Un gemelo perdido. Las cejas. El mentón. Una oreja retorcida. Las manos en los bolsillos. El modo en que los ojos parecen al mismo tiempo seguros y perdidos.

12

Por aquel entonces siempre te levantabas muy temprano. Mucho antes que yo. A las seis o las cinco o algo por el estilo. Le dabas de comer a Max algo que apestaba. Yo oía la lata al caer en la basura. Todavía oigo la lata al caer en la basura. Siempre te ibas a trabajar a tu tienda de piensos con tus canarios en otra ciudad no lejos de aquí. Otra pequeña ciudad. Entonces este país estaba lleno de pequeñas ciudades. Si no recuerdo mal, también trabajabas con gallinas. Gallinas moteadas. Gallinas de Livorno. Ponedoras de huevos blancos. Recuerdo cierto tipo de gallinas españolas. El color muy particular de sus huevos. Para nada blancos. Azules como el cielo. A veces de una tonalidad ligeramente verdosa. Solía contemplarlas en casa en nuestro pequeño corral. Me sentaba a la sombra de un viejo árbol de aguacates. Era tan viejo que las ramas colgaban hasta el suelo y echaban raíces. Era un árbol enorme. A las gallinas les encantaba. Les proporcionaba un montón de sombra y les permitía oír acercarse a los coyotes, porque los coyotes siempre hacían ruido al pisar las hojas secas. En cualquier caso, la época de la que hablo era cuando vivías en el garaje de una casita. Vivías en el garaje de una pequeña ciudad del norte de California en la que los trabajadores inmigrantes se plantaban en las esquinas buscando trabajo o esperando encontrar alguna cosilla. Normalmente podar, rastrillar o recolectar fruta. Podar vides. Amontonar rastrojos. Que después se queman en medio del campo. Las columnas de humo se ven desde la autopista.

Ahora mismo hay un penacho gigantesco, una nube blanca que se eleva por encima de la granja. Mi hija dice que parece una bomba atómica. Es muy lista. Ve cosas. Ve cosas antes de que sucedan.

13

Por aquel entonces tenías todas esas piedras en el jardín. ¿Lo recuerdas? Rojas, verdes, azules, blancas, grises, de un montón de colores. Lo recuerdo con claridad. Piedras. Tenías algo en mente. Formas. Figuras. Trabajabas con ellas. Piedras de diferentes tamaños. Trabajabas con ellas con herramientas, cinceles, martillos y escalpelos. Había una muy frágil, una escultura verde a la que temías que se le pudiese partir el cuello. Piedra. Tenías que golpearla con sumo cuidado, porque bastaría un movimiento en falso para que la cabeza cayese a tus pies. Recuerdo tus manos. Tus manos en contacto con la piedra. Lo recuerdo con claridad. Un jardín trasero rodeado por una valla metálica. Por algún lado había agua, una fuente. Ibas a Berkeley o a Oakland en tu furgoneta. Ibas a buscar una piedra y te gustaba ese lugar en concreto. Esa cantera. Porque el encargado, un italiano menudo, parecía tener conocimientos sobre piedras y siempre te aconsejaba bien. En los alrededores había incendios, los incendios punteaban el paisaje, era la temporada de incendios. Comíamos sándwiches en algún lado detrás de un ventanal y creo que habíamos ido a nadar a Indian Springs en el cálido manantial rodeado de palmeras y serpientes. El agua estaba tan caliente cuando brotaba de la montaña que llegaba a humear. Las nubes de vapor se elevaban hacia el cielo. Tendría que enfriarse en un pequeño lago antes de descender hasta el siguiente porque estaba demasiado caliente para nadar en ella. Lo recuerdo a la perfección.

Acabaste la escultura, la verde. De piedra. La acabaste y la colocaste en la cocina encima del viejo televisor en blanco y negro.

14

A veces, muy a menudo, habla consigo mismo. ¿Con quién si no? Lo veo desde aquí, veo que mueve los labios. Sus labios le hacen compañía. Pero es difícil sacar conclusiones. Sus gestos..., bueno, sus gestos son los habituales, como si estuviese hablando con alguien. Tiene que haber alguien más ahí. Pero es muy difícil saberlo. A veces. A veces percibo que algo se cierne sobre mí. No sé muy bien qué es. A veces baja en picado como el viento. A veces es como las uñas o los dedos de los pies en el rompiente. A veces es un color. Recuerdo que a veces empezabas a contar historias completas. A veces párrafos. A veces frases con la expresión «A veces». ¿Recuerdas cómo lo hacías? A mí me parecía un buen modo de empezar. «A veces.» En otras palabras, no siempre, sino a veces. A veces esto o lo otro. A veces pájaros.

Por qué pájaros, podrías preguntar. ¿Por qué pájaros? A veces. ¿Por qué color? A veces. ¿Por qué... el viento? ¿Perros? A veces me parecía que tenía todo el sentido del mundo. Tenía todo el sentido del mundo.

O podías empezar una frase o un relato con «Por ejemplo». Por ejemplo, un roble solitario que crecía. Por ejemplo, se levanta viento. Caen las hojas. El perro resolla. Las moscas zumban. Las mariposas aparecen y desaparecen. Las hojas caen por ejemplo a veces, no siempre. Solo a veces.

De hecho creo que a veces a él le sucede algo malo. A veces hay personas que cuidan de él y a veces está sentado a solas hablando consigo mismo. Sin hacer ningún gesto. O se queda dormido. A veces yo desearía volver a esa época del pasado. En el camino de acceso hay un coche con una pegatina azul de discapacitado. Un coche blanco. Un coche blanco con matrícula de Arizona.

No intento demostrarte nada. No intento demostrarte que fui el padre que creías que era cuando eras pequeño. He cometido algunos errores, pero no sé cuáles fueron. Y jamás he deseado volver a empezar. No tengo ningún deseo de eliminar partes de mí mismo. No tengo ningún deseo. Tal vez deberíamos encontrarnos como completos desconocidos y hablar hasta bien en-

39

trada la madrugada como si nunca nos hubiéramos visto antes. Lo único que sabemos es que hay ciertos recuerdos, algo misteriosamente conectado. A veces.

Colocas banderas en palos para guiar a la memoria. Para guiar algo. En otras palabras, algo se destaca. Una bandera en un palo. Como sucedió con los españoles en 1500, que clavaron estacas a lo largo de la frontera de Nuevo México hasta el norte de Texas para marcar dónde habían estado y adónde se dirigían. Porque nadie tenía ni idea. Banderitas rojas en palos. Era territorio de los comanches, que siempre tenían claro dónde estaban, pero para los demás era imposible orientarse.

15

Yo estaba relativamente sano. Mi hijo estaba muy sano. Tú, mi hijo. El que trabajaba con canarios y con piedras. Creo que en aquella época tus abuelos, Jay y Aubra, vivían en otro garaje en la otra punta de la ciudad. Jay gozaba de buena salud, pero Aubra no tanto. Tenía un montón de achaques que parecían empeorar cuando llovía. Tos seca. Estornudos. Alguna vomitona. El problema –el de ese otro garaje– era que estaba en un terreno inundable. De modo que cuando llovía muy fuerte el agua les llegaba hasta el cuello. El linóleo se pelaba, se curvaba y se salía de los rebordes de aluminio. Pero, mientras eso no sucedía, acudían muy felices cogidos del brazo a la cafetería de la mujer de Berkeley que mantenía una relación contigo. Por aquel entonces ella estaba casada, pero eso a ti te daba igual. Y a ella también. El matrimonio. Estabais enamorados.

Tenía un montón de tipos de café y casi siempre estaba ella detrás del mostrador. Tus abuelos iban hasta allí cogidos del brazo. También ellos estaban muy enamorados. Siempre lo habían estado. Aubra seguía haciendo ver que todo iba bien. Iban a la cafetería. Cruzaban caminando el zócalo –el pequeño parque–, que en esa época parecía un pueblo mexicano. Se sentaban en la mesa de la esquina desde la que se veía el zócalo a través del ventanal y contemplaban a los trabajadores inmigrantes que conversaban sobre sus problemas familiares. De mujeres, por ejemplo. Siempre hablaban de mujeres. De esposas, de novias. Siempre hablaban de mujeres. Mientras tanto, en el interior de la cafetería, Jay y Aubra pasaban el rato con un café brasileño, hablando de Nietzsche, de Erroll Garner y de tomar baños calientes. Se sentaban en su mesa circular junto al ventanal a primera hora de la mañana, porque a Jay le gustaba levantarse a horas intempestivas, a veces a las cuatro de la madrugada. A veces a las tres. Era peor que tú. Aubra, en cambio, solía tener migrañas y se pasaba el día durmiendo. Cada vez estaba peor. Pero a Jay le encantaba madrugar.

Fue por esa época cuando empezaron las lluvias y llovió y llovió y llovió y llovió. No fue exactamente apocalíptico, pero hubo inundaciones en la pequeña ciudad. Todo se inundó. Se inundó el segundo garaje en el que se habían instalado Jay y Aubra. La inundación fue lo bastante grave como para que tuvieran que marcharse. El río Ruso se desbordó. Arrancó puentes. Las presas reventaron. El cielo chorreaba.

Por aquel entonces Jay heredó una suma de dinero tras el fallecimiento de su padre, una suma de dinero suficiente en esa época para comprar una casa. De modo que él y Aubra subieron a su Chevy Nova blanco y fueron hasta Nuevo México porque habían oído decir a un amigo que Columbus, Nuevo México, era un sitio estupendo para vivir. Columbus era la ciudad que atacó Pancho Villa en 1914 o algo por el estilo, y es célebre por ser la primera ciudad de Estados Unidos invadida desde el exterior, incluida por supuesto Pearl Harbor. Pero eso no era exactamente una ciudad. Digamos que Columbus fue la primera ciudad que sufrió una intrusión extranjera. Enviaron a un tal general Pershing, pero ni siquiera vio el polvo que había levantado Pancho Villa. Pancho Villa se abalanzó sobre Columbus, Nuevo México. En cualquier caso, cuando Jay y Aubra llegaron a Columbus, resultó ser muy diferente de como la habían imaginado. Fuese como fuese lo imaginado. Había plástico negro colgado del alambre de espino. Había palomas muertas en la carretera.

Dieron media vuelta y regresaron a Deming, Nuevo México. Deming, al sur de Truth or Consequences. Deming, la patria de las carreras de patos. Fueron directos al agente inmobiliario y le preguntaron si tenía algo en venta. Él les respondió que por supuesto que sí. De modo que se dirigieron a esa casa en la esquina de Iron Street con otra calle cuyo nombre no recuerdo y les gustó de inmediato y Jay le entregó al agente inmobiliario toda la herencia que tanto le había costado obtener y de pronto por primera vez en su vida poseían una casa. Él era propietario de su propia casa, lo cual supongo que es estupendo. Era propietario de una casa en una pequeña ciudad fronteriza llamada Deming. Así es como llegaron allí. Mira el cielo, le dijo Jay a Aubra. Y ella alzó la vista. ¿Te interesa todo esto? ¿La historia de tus ancestros? ¿De tu abuela y tu abuelo? ¿De su amor?

Entretanto, de vuelta en la pequeña ciudad, la pequeña ciudad con su zócalo mexicano en el norte de California, tú y la propietaria de la cafetería, que ahora es tu mujer, vivíais en perfecta armonía. Jay y Aubra trasladaron todas sus pertenencias del segundo garaje inundado a Deming, Nuevo México, en un camión U-Haul. Un piano vertical, un montón de libros, muchos cuadros,

44

muchos animales disecados, una mesa de roble, un sofá roto, todos los trastos que habían ido acumulando, además de los cuadernos de Jay y las fotografías, enmohecidos y empapados. Lo trasladaron todo a Deming y empezaron una nueva vida.

16

En este desierto del que hablaba inicialmente, el Desierto Pintado, para ir a la clínica atraviesas caminando unos jardines con esculturas de aire zen, con arena minuciosamente rastrillada y cactus. Y esos jardines esculpidos están repletos de pequeños letreros. Desde lejos parecen fichas de dominó. Carteles en los que se lee: Atención: serpientes de cascabel. Cuidado con las serpientes de cascabel. Viene gente de todo el mundo para recibir tratamiento en esta clínica. El tratamiento mágico. Los pacientes llegan en elegantes limusinas. Enfermeros uniformados los conducen hasta la famosa clínica en sillas de ruedas de gama alta. Las puertas de cristal automáticas se abren para franquearles el paso. En la pared del vestíbulo aparecen retratados los dos hermanos que crearon la clínica en Minnesota. Están en medio de una tormenta de nieve. Llevan botas de nieve.

Abrigos gruesos. Están llevando su tratamiento a una tierra salvaje. El aire está repleto de nieve. Aquí fuera, en el desierto, la temperatura es de 44 °C, pero esos hombres caminan fatigosamente por la nieve con una sonrisa beatífica en la cara. Es un mural enorme que va de un lado a otro de la clínica. Más grande que un retrato a tamaño natural. Uno oye cómo sopla la ventisca. Pero aquí fuera, en Arizona, la temperatura es de 44 °C y hay jardines con esculturas repletos de arena, cactus y serpientes de cascabel. Más grandes que la vida misma.

17

Érase una vez un tal Pancho Villa que vino desde Durango, en el viejo México, que por aquel entonces estaba al final del camino de Santa Fe. O al principio. Dependiendo de la dirección en que se viaje. En otras palabras, si eras norteamericano, el camino de Santa Fe empezaba más o menos en St. Louis, Missouri. Era la época en la que Estados Unidos era un país muy aislado. Rodeado de enemigos. El camino de Santa Fe partía de Missouri y bajaba hasta Durango, en el viejo México, donde había nacido Pancho Villa. También Dolores del Río nació allí. Hay un bulevar Dolores del Río en el centro de Durango. Por si a alguien le interesa saberlo. En cualquier caso, justo después de terminar la Revolución mexicana, Pancho Villa se retiró a una hacienda en las afueras de Durango. Resultó que ya no representaba el corazón de la revolución. En el sur había un indio llamado Emiliano Zapata que tenía más relevancia política. Pancho Villa vivía en su hacienda y era feliz. Tenía su hacienda y un Dodge marrón con chófer y un montón de guardaespaldas. Villa iba regularmente a la ciudad para sacar oro del banco con el que pagar a la gran cantidad de peones y de gente que trabajaba para él en la hacienda. Así que un día decidió ir al banco. De modo que partieron en el Dodge y llegaron a la ciudad de Durango, México, y fueron al banco y salieron con sacos de oro para pagar a los peones. Y regresaron con el Dodge y salieron de la polvorienta ciudad en dirección a la hacienda y de pronto apareció un chico, un chaval de nueve o diez años, que era vendedor de pipas de calabaza, iba descalzo y llevaba un enorme sombrero y un saco con pipas al hombro. Apareció gritando el nombre de Pancho Villa. Muy alterado. Se plantó ante el Dodge agitando los brazos huesudos y diciendo: «¡Pancho Villa, Pancho Villa! ¡Saludos, Pancho Villa!». Y esa era la señal para que los asesinos saliesen de su escondrijo y disparasen a Pancho Villa en su Dodge marrón hasta matarlo. Fue la última vez que se oyó mencionar su nombre. «¡Pancho Villa, Pancho Villa! ¡Saludos, Pancho Villa!» Fue el final. El final de la historia.

Durango sigue ahí, el desierto sigue ahí, México sigue ahí. Todo sigue ahí, pero todo ha cambiado. Jay y Aubra llegaron a Nuevo México y no tenían nada que ver con Pancho Villa. Eran personas diferentes, entidades diferentes, que ni siquiera vivieron en la misma época.

18

No me gusta que hable de Pancho Villa. Lo haya oído por ahí o lo haya aprendido de chismes o cómics, lo que dice es falso. Para mí la historia de Pancho Villa es privada y pertenece al mundo de las fábulas. ¿Por qué tiene que meter las narices en informaciones que son privadas? No tiene nada que ver con él, no es una historia que él deba contar.

19

Hay cosas que no sabes de mí, básicamente porque sucedieron antes de que nacieses. Por algún motivo se me han quedado grabadas en la memoria. Antes no las recordaba, ahora sí. Por ejemplo, no sabes que solía dormir en un colchón en el suelo en una esquina de la avenida C con la calle Diez en el Lower East Side, en un edificio en ruinas. Solía dormir allí en un rincón, con mi colchón en el suelo. Y solía calentar el lugar con una estufa de gas, era un apartamento largo y estrecho que ocupaba toda la planta, sin ningún mueble, solo cosas que había ido encontrando en la calle. Una noche estaba durmiendo y me despertaron los gritos de una mujer. Dudé si bajar a ayudarla, si bajar por la escalera para ver de quién se trataba. Me pasaban por la cabeza todo tipo de ideas. Me quedé mirando la llamita azulada de la estufa de gas en la cocina. Tenía un dilema moral. Y al final reuní el coraje suficiente para bajar y llegué al pie de la escalera y salí del edificio y vi que la retenía un hombre que la estaba golpeando. En cuanto se percataron de mi presencia, ambos se detuvieron, se volvieron y me miraron. Sus miradas eran aleladas y ausentes, como la del médico en el Desierto Pintado. Y ella me dijo, la mujer me espetó a la cara: «¿Qué coño estás mirando?». Me di la vuelta y subí a toda prisa por la escalera mientras la mujer seguía gritando desde la calle. Y el hombre seguía golpeándola.

20

El periodo que intento recordar, el periodo que pretendo evocar aquí es frágil. Como una costra muy reseca que te toqueteas. Ese periodo está borroso. No lo tengo muy claro. Debió de ser..., debió de ser, diría que a mediados de los setenta. O por ahí. ¿Qué sucedió? No lo recuerdo bien. Camboya. La ofensiva del Tet. Helicópteros derribados. El Watergate. Muhammad Ali. Flota como una mariposa, pica como una abeja. El rey castaño de la Triple Corona que ganó en Belmont por treinta y dos cuerpos. Da igual cómo hiles los recuerdos, es imposible escapar de la confusión de esa época.

21

La época que estoy evocando debe corresponder a algún momento de mediados de los años setenta. ¿No es así? Nixon. A algún momento. De alguna manera. De algún modo. Huí. No puedo hablar mucho de la fuga en sí, salvo para decir que resultó agotadora. Mentalmente agotadora. Lo sigue siendo. Toda la planificación, toda la preparación, y después, claro está, la experiencia resultó muy distinta de lo planeado. La experiencia siempre resulta distinta de lo planeado. La experiencia fue agotadora. Todavía sigo agotado después de aquello. Angel Island. Fuga de Alcatraz. Escaparon tres. Se cree que se ahogaron. Tal vez solo se ahogó uno. Una fotografía borrosa de 1975. Pruebas recientes generadas por ordenador sugieren que dos de ellos lograron llegar a Sudamérica, como Butch Cassidy y Sundance Kid.

Lo que siempre me ha fascinado de Alcatraz es que se podía ver toda la ciudad desde la costa. Se podía ver todo el paisaje urbano. El Golden Gate. Oakland Bay. Se podía ver todo. La tranquila ciudad de luces centelleantes. La ciudad que seguía adelante a pesar de Alcatraz. Y si uno se situaba en la línea costera de Alcatraz, le podía parecer muy fácil atravesar a nado la bahía hasta la gran ciudad. Sin embargo, la bahía era traicionera. Hay corrientes muy fuertes. A veces se desplazan de este a oeste. Otras, de oeste a este. Otras veces de norte a sur. Múltiples corrientes. En todas direcciones. En cualquier caso, uno podía acabar troceado por el motor de un barco y por ahí navegan todo tipo de barcos. Grandes barcazas. Transatlánticos. Botes de remos. Barcos de pesca. Remolcadores. Barcos turísticos. Troceado por cualquiera de ellos. Muy traicionero. De todos modos, yo estaba tan agotado por el caos de esa época que no hubiera sido capaz ni de meterme en el agua para chapotear como un perrito.

Recuerdo perfectamente a Lee Marvin metiéndose en las aguas de Alcatraz y echándose boca arriba como si fuese a atravesar la bahía nadando de espaldas. Como si para él fuese un lujo. El agua y todas sus corrientes eran un lujo. Era fácil, casi relajado. Era como si nadie hubiera pensado en ello. Y ahí estaba él nadando de espaldas por la bahía. Se echaba boca arriba en el agua. No llegaba a nadar de espaldas, pero daba la impresión de que iba a empezar a hacerlo en cualquier momento. *A quemarropa*. 1967 o una fecha cercana. Y Angie Dickinson intentaba aporrearlo. Intentaba aporrear a Lee Marvin. Lo golpeaba con rabia en el pecho. Lo abofeteaba y le hacía un corte, y yo pensé que lo estaba machacando. Pero él permanecía impertérrito. No se trataba de una prueba de virilidad o resistencia ni nada por el estilo. Él se limitaba a permanecer inmóvil y ella acababa agotada. Era un especie de combate de boxeo estilo Ali contra Foreman. Él permanecía impertérrito y Angie Dickinson lo golpeaba hasta que caía de rodillas, encogida. Una mujer encogida. Ahí estaba. Y después, para desquitarse, ponía en marcha todos los aparatos de la cocina. La batidora, la tostadora, la lavadora, todo eso, y él tenía que perseguirla apagándolos. Ella lo insultaba. Él la insultaba. Era una película de insultos.

Qué puedo decir sobre la fuga. Como ya he comentado antes, hay mucha planificación. Quedarse despierto en la cama boca arriba, contemplando el techo, el techo de cemento. Prepararse para raspar el revoque con la cucharilla del café, el chirrido metálico, el propio túnel, el pasadizo.

El asunto en sí fue bastante rápido en cuanto me introduje en el túnel, más allá de las inevitables telarañas, arañas y otros bichos que trepaban por las paredes. Al menos hay una luz al final del túnel. Pero cuando llegué allí comprobé que a partir de ese punto el camino era más vertical que horizontal. Ascendía, de modo que tuve que utilizar una cuerda. Tuve que encontrar una cuerda y de hecho me la fabriqué. Fabriqué la cuerda con sábanas y logré ascender. Y una vez arriba, claro está, tuve que saltar. Tuve que saltar una distancia considerable. No sabía que sería capaz. Pero salté y me las apañé para mantener el equilibrio entre las vigas y subí más y desde allí el mundo se veía de un modo diferente.

Probablemente no debería estar contándote todo esto, ¿verdad que no? Mi fuga. Atravesando la bahía nadando de espaldas. Ahora ya lo sabes. Ya sabes que soy un preso fugado. Ahora ya lo sabes. Entonces no lo sabías. Ahora sí. Sabes demasiado. Alguien va a tener que liquidarte. Tal vez este personaje que me ha estado persiguiendo todo este tiempo.

Permíteme empezar de nuevo. Puedo empezar de nuevo. Harás el favor de permitirme empezar de nuevo. Como ya he dicho, no tenía nada que demostrarte. No pretendo ser un héroe a ojos de nadie. No estoy seguro de si todo eso sucedió a mediados de los setenta, de hecho creo que no fue a mediados de los setenta. No estoy seguro. Tampoco fue a mediados de los ochenta. Creo que fue a mediados de los noventa. Es una diferencia de veinte años. Pero ¿cómo es posible no recordar algo durante un periodo de veinte años? Algo como esto. Toda una vida. Veinte años es un periodo muy largo. Hay personas que ni siquiera viven veinte años. Algunas viven mucho menos. Algunas personas fallecen en el momento del nacimiento. Vale, permíteme empezar de nuevo. Hubo una época en que todo esto parecía un cuento de hadas. Érase una vez... Érase una vez una época en el pasado. Pudo ser en los noventa, a mediados de los noventa sucedieron un montón de cosas. Pero pudo ser mucho antes, no lo sé. Lo único que sé es que fue un ínterin en mi vida. Una época delicada. Pasaron muchas cosas y muchas de esas cosas parecían importantes. Ahora ya no lo parecen. Entonces sí lo parecían, pero ahora ya no. El napalm. Camboya. Nixon. La ofensiva del Tet. El Watergate. El caballo Secretariat. Muhammad Ali.

22

Hay momentos en que no puedo evitar pensar en el pasado. Sé que es en el presente donde hay que estar. Siempre ha sido el sitio en el que estar. Sé que gente muy sabia me ha recomendado permanecer en el presente el mayor tiempo posible, pero a veces el pasado se presenta sin previo aviso. El pasado no aparece por completo. Siempre reaparece por partes.

De hecho se desmenuza. Se presenta como si se hubiera vivido de forma fragmentaria.

¿Por qué? Por qué, por ejemplo, se prefiere el pasado... Perdón..., por qué se prefiere el presente al pasado. Porque supuestamente es el presente el que forja recuerdos. Es lo que forja el pasado. A veces parece muy fugaz.

¿En qué consiste exactamente la experiencia del presente? La experiencia del presente es de anonimato. De absoluto anonimato. El modo en que el sol toca el pavimento. El modo en que te toca los pies desnudos. El modo en que una cagada de perro se aplasta entre los dedos de tus pies. El modo en que veinticinco centavos solían cundir mucho. El modo en que con veinticinco centavos podías comprar un caramelo Abba-Zaba. El modo en que huele el cloro. El modo en que el cloro penetra en tus fosas nasales. El modo en que se te ajusta el bañador. El modo en que el agua te cubre la cabeza. El modo en que abres los ojos bajo el agua y ves cosas. ¿Qué ves? Ves a otras personas, a otros seres humanos que luchan por mantener los ojos abiertos bajo el agua. El presente tiene muchas caras. Como el pasado.

Pero el presente viene acompañado de una experiencia tangible, dice, meciéndose en el balancín. Meciéndose. Meciéndose. Lo dice después de hacer una pausa. No pero espera un momento solo un momento y qué me dices de los milagros. ¿Qué me dices del tratamiento? Tiene que haber un tratamiento. En cierto momento del pasado –en algún momento del pasado– todo iba bien. No había ninguna desesperación. Todo funcionaba. De modo que en qué consiste el tratamiento. ¿Hay algún modo de sanar el presente? ¿Podemos hacer algo tan sencillo como tomar un baño caliente de agua mineral? ¿O tenemos que empezar de cero? Tiene que haber algún tratamiento. Somos niños que creemos en los milagros. Una larga pausa. Una pausa. Una larga pausa. Una pausa. Nadie presta atención a sus palabras. Nadie presta atención al momento. Nadie presta atención a nadie.

23

Ahora tengo unos prismáticos, de modo que puedo ver a través de la mosquitera del porche que está sentado y no en una mecedora, como pensaba, sino en una silla de oficina. Con unas ruedas enormes y brazos ajustables, y con ella se desplaza de un sitio a otro. No sé qué ha hecho con la mecedora. En ocasiones se desliza con la silla en círculos como si flotase en el aire. No sé, no sé cómo explicarlo, y tiene una mesita ovalada con té helado y varias cosas apiladas. Parecen un montón de papeles y un libro grueso. Sí, hay un libro. Está abierto por la página 399, hasta ese nivel de detalle me permiten ver los prismáticos. Se pone en pie cada vez que pasa una página. No se limita a chuparse el pulgar y pasar la página, sino que cada vez que lo hace se pone en pie. Es un libro de aspecto anticuado. *Jane's Fighting Ships*

1942.[1] Un libro grande, grueso y pesado que tendrá unas novecientas páginas, pero él lo tiene abierto por la 399. Parece el único ejercicio que hace. Se pone en pie y pasa las páginas.

1. Se trata de un libro de referencia de publicación anual con información sobre todos los barcos de guerra existentes ordenados por países. *(N. del T.)*

24

Aubra, tu abuela, cuyo nombre completo era Aubra Steagle, ese es el nombre con el que llegó, el nombre con el que bajó del barco, el apellido de su primer marido, Steagle. Así es. De hecho llegó de un país extranjero, creo que provenía de Inglaterra, y nunca obtuvo el permiso de residencia ni ninguno de los papeles que se suponía que debías tener para ser inmigrante legal, de modo que de hecho era una inmigrante ilegal. Intentaban aclarar lo de su nombre para poder acceder a cierto seguro médico. ¿Cuál era su apellido de soltera? El apellido de soltera de su madre. Había un montón de preguntas. Tenía un montón de problemas. Su salud se estaba deteriorando. De modo que tenían que acudir al ayuntamiento de la pequeña ciudad del oeste llamada Deming. Y de las paredes del ayuntamiento colgaban esas fotografías enormes que se reimprimían en tono sepia. No sé por qué, tal vez para que parecieran más antiguas de lo que en realidad eran. Eran fotografías de la época de los pioneros en Deming, de la década de 1880, ya sabes, hileras de mulas, caballos en el fango, carretas, quinqués, el ajetreo de una ciudad fronteriza en la época de los pioneros. Jay se mostraba muy insistente con eso. Quería un seguro para Aubra y estaban dispuestos a presentarse a diario en el ayuntamiento de la pequeña ciudad y hacer cola para obtener el permiso de residencia. Pasaron por todos los trámites burocráticos, llamadas telefónicas y más llamadas telefónicas y más llamadas telefónicas. Había un número de teléfono en el que debías mantenerte a la espera y que te decía que si querías hablar con tal persona tenías que pulsar el 4, y si querías hablar con tal otra, tenías que pulsar el 2, y si querías hablar con tal otra, tenías que pulsar el 12, así funcionaba. Y nunca encontrabas a nadie. Solo una voz enlatada. Tenían que andarse con ojo, porque eso fue después del 11-S y el gobierno sospechaba de todo, en las pequeñas ciudades se sospechaba de todo, todo el mundo sospechaba que alguna cosa estaba pasando. Todo el mundo estaba paranoico. Sobre todo con los inmigrantes. De modo que si descubrían que no tenía permiso de residencia, que no podía estar viviendo en América, en la tierra

66

de la Señora Libertad, la deportarían de inmediato, la meterían en un barco y la devolverían a la
vieja Inglaterra, aquel lugar que cuando ella era
niña sufría los bombardeos de los alemanes.

25

No creo ser una persona paranoica. Quiero decir que paranoico no es la primera palabra que a uno le viene a la cabeza para describirme. Pero ayer mis hermanas me dejaron solo cinco minutos en el porche y vislumbré algo al otro lado de la calle. Algo plateado. Me sorprendió cómo resplandecía bajo la luz de la mañana. Miré con atención y vi un par de prismáticos que parecían los ojos de un búho. Había alguien en una silla, muy parecido a mí, que estaba guardando los prismáticos. Los estaba metiendo en una funda de cuero. Pero yo pensé, por el amor de Dios, ¿por qué me está mirando? No conozco a nadie en esta ciudad. Nadie ha oído hablar de mí. Pero resulta que un desconocido me observa. Me ha producido una sensación muy rara. Como si yo fuese un animal salvaje o algo por el estilo. Pero tal vez se trate de un observador de pájaros. Yo mismo he observado pájaros muy de cerca con los prismáticos. Tal vez ese individuo sea completamente inocente y yo esté comportándome como un paranoico. Por aquí hay toda clase de pájaros. Arrendajos azules. Mirlos. Gorriones. Rascadores. Pero a mí nunca me han parecido muy exóticos. Tal vez eso es lo que estaba haciendo ese tipo. Observar pájaros desde cierta distancia. Desde el otro lado de la calle.

26

Ahora hay golondrinas lanzándose en picado alrededor de la casa. Creo que están cazando insectos. Hay al menos tres o cuatro. Tal vez hasta seis. Son de un color entre óxido y azul. Son muy rápidas. Son como pequeños aviones a reacción. Vuelan en círculos y descienden en picado. Es imposible ver los insectos a los que persiguen. Podrían ser imaginarios, pero no lo son.

De hecho hay montones, el aire está lleno de insectos, pero nosotros no los vemos. El día es caluroso y claro, y hay una ligera brisa. De vez en cuando aparece algún ruiseñor que desciende, aterriza y canta su cancioncilla. Una cancioncilla que imita. Un cancioncilla que ha aprendido en algún lado. Hay pajarillos extraordinarios. Solía levantarme con el canto de los ruiseñores. Solía acostarme con el canto de los ruiseñores. Cantaban canciones que se habían inventado. Por las noches desde los postes de la luz. Un pajarillo caprichoso. A cualquier hora del día. Desprenden cierta melancolía. Para mí desprenden cierta melancolía, pero no es triste, sino simplemente típica. Un pájaro típico de un lugar, eso es todo. Un lugar en el tiempo.

27

Anochecía. En el cielo crepuscular parecía estar gestándose una tormenta. El tipo de tormenta que provoca que llueva durante días y días y días, el tipo de tormenta que ya habíamos padecido. Que desborda los aliviaderos, como sucedió cuando el incidente de la presa de Oroville. La gente corriendo histérica por todos lados, preguntándose si su casa va a acabar flotando río abajo. Preguntándose si su perro va a acabar flotando río abajo. Preguntándose si ellos mismos van a acabar flotando río abajo. Esa era la pinta que tenía el cielo.

En cualquier caso, crucé de un lado a otro de la calle y allí, escondido detrás de una mata de camelias, cubierto con una manta eléctrica, con gruesos calcetines de esquiador en los pies, envuelto en la manta, con cables eléctricos colgando, estaba nuestro hombre en una silla de ruedas, hablando solo en murmullos sobre el tiempo. Lo vi a través de las plantas. Alguien lo había dejado allí para ir a algún lado. Estaba detrás de las matas, sí señor. Y todavía había luz suficiente para distinguir el color. Rojo oscuro. La mata de buganvillas casi no tenía flores. Ya estábamos en invierno, aunque el clima era primaveral. Había un par de deportivas rojas colgando de los cables del teléfono. Seguían allí colgadas.

Espero no interrumpir. No interrumpir tus pensamientos. Pero debo decir que he oído unos ruidos detrás de las matas. Como ya he dicho, no soy un paranoico, pero he oído claramente pisadas, pies arrastrándose entre las hojas. Yo estaba esperando. Lo único que hacía era esperar. Me habían dejado solo. No me importa si quiere preguntarme algo. No me importaría responderle si pudiese. Resulta interesante tener a alguien tan interesado por mí. Me pregunto qué querrá.

En cualquier caso, estaba sentado en actitud muy estoica en su silla. Era como si esperase a alguien o algo. Como si estuviese evocando recuerdos. No sabe dónde está ni espacial ni temporalmente. Cuando dejó su casa por primera vez, se instaló en un garaje en una ciudad llamada Alta Vista. No lejos de Santa Anita. En las laderas de

73

California. Allí tenía una cama y, si miraba por la ventana, veía a lo lejos las montañas.

Al poco rato, detrás de la mata de camelias rojas, en la penumbra del anochecer, apareció desde la oscuridad de la casa la que parecía ser su hija. Él le pidió que se sentase a su lado. Ella cogió una silla de jardín de hierro forjado y secó las gotas de lluvia del asiento. Se sentó y, como si estuviese en el colegio escuchando con mucha atención, se inclinó hacia él.

Él dijo que la habitación en su cabeza era una prolongación de un garaje. Era un garaje distinto a los que había visto hasta entonces. En su cabeza tenía ventanas por todas partes, más o menos a un metro del suelo. Ventanas estrechas.

—Un momento, papá, ¿qué habitación? ¿De qué estás hablando?

—La habitación con las ventanas estrechas. Daban a un viejo hipódromo.

—¿Qué hipódromo? ¿Dónde estaba?

Había coches aparcados junto a la recta más alejada de las gradas. Había una valla de reja alrededor de la pista de hierba, que bajaba por la ladera hasta cruzarse con la pista principal. Desde la colina, en el punto más alto de la valla, todo estaba muy tranquilo, muy silencioso. No era hasta que los caballos habían recorrido seis estadios que oías a la multitud y después los oías a ellos, piafando y bufando, aullando, emitiendo todo tipo de sonidos. Desde allí los caballos tenían el tamaño de un sacapuntas. Empezaban teniendo un tamaño normal y se iban haciendo muy pequeños. Se oyó un disparo. Un solo disparo. De una carabina o un rifle con mira telescópica. De inmediato la multitud se quedó callada. De inmediato viste cómo los caballos que avanzaban en línea cambiaban de dirección con brusquedad alrededor del líder, que había caído desplomado en el suelo y con el jockey retorciéndose. El animal agitaba las patas en el aire y el jockey tenía la ropa desgarrada. La silla de montar había perdido el color. La brida se había partido por la mitad en la boca del caballo. Algunas personas del oficio ya estaban saltando la valla. Llegaba todo tipo de ayuda desde la recta opuesta. Mozos de cuadra. Entrenadores. Ayudantes de los entrenadores, corriendo en todas direcciones y señalando. El resto de los caballos cruzaron la línea de meta. Y la multitud empezó a gritar. Se oyó una sirena a lo lejos. Sonaban campanas, pero no en tono festivo. Campanas de emergencia. Todo estaba en estado de emergencia.

Ella se inclinó más hacia él. Papá, ¿cuándo sucedió eso? No recuerdo nada parecido.

Al hombre que disparó la carabina, el arma

con la mira telescópica, que derribó al caballo en cabeza, lo descubrieron sentado con las piernas cruzadas en una furgoneta. Dijo que lo habían contratado como asesino. Había recibido órdenes del Monte Rushmore.

Estaba huyendo de la escena del crimen. Bajó, tiró el arma en una mata de salvia y huyó corriendo. Corrió hasta llegar a la gasolinera Gulf, donde pidió hielo. El dueño se lo dio. Él se sentó con dos bolsas de hielo y se puso a masticarlo mientras el dueño llamaba a la policía. Él le preguntó al dueño si sabía de alguna habitación. Tenía que haber alguna habitación disponible en esa ciudad. El dueño se encogió de hombros. Dijo que tal vez hubiera una. Había una pequeña posibilidad. El tipo preguntó cuánto costaba.

—Diez dólares —le dijo el dueño.

—Me la quedo —replicó el tipo—. Me la quedo.

Después de eso me marché del estado. Me marché y no he vuelto hasta ahora. Y ahora quiero descubrir dónde estaba esa habitación. Ahora me parece importante. Entonces no me lo parecía, ahora sí. El color de la ropa del jockey. El color de los caballos. Los corredores de apuestas en fila. Las carreras matutinas. El café y las judías pintas. Los curas buscando refugio. Los galgos

76

ladrando a muñecas de trapo. Esa habitación de diez dólares por día.

El viento sacude las nueces. Son pequeñas bolas verdes. Se arremolinan, todo se arremolina. Los melocotoneros se arremolinan, los mirtos de crepe se arremolinan, las magnolias se arremolinan. El cielo ha adquirido una tonalidad gris acerado. Todo el cielo ha adquirido esa tonalidad. Vamos a tener tormenta.

–Probablemente no tendría que haberte contado todo esto. Cuando sucedió todavía no habías nacido.

–No pasa nada, papá. Me lo puedes contar todo. Pero creo que ahora deberíamos entrar. Va a llover.

–¿Me puedes acompañar al colmado? –le dice de pronto a su hija–. ¿Podrías llevarme allí ahora en la silla de ruedas? ¿Podrías comprarme unas cosas? Necesito varias. Necesito mayonesa, una lata de sardinas, un plátano. Necesito la harina para hacer tortitas de trigo sarraceno. Y quizá un paquete de café instantáneo. ¿Puedes llevarme allí para ver qué tienen?

Los sigo en la penumbra, empieza a lloviznar. El viento levanta polvo. Ella duda. Él le dice: Sigamos.

¿Adónde se dirige? ¿Adónde se cree que va? ¿Va a dejar esta ciudad para siempre? ¿Para qué necesita todas esas cosas? ¿Volveré a verlo alguna vez?

Ella sigue empujando la silla de ruedas. Y le dice por encima de su cabeza, del viento cada vez más fuerte, ambos mirando en la misma dirección:

—¿Papá? ¿Papá? ¿Para qué necesitas todo eso ahora? ¿Para qué tantas cosas? No vas a ir de caza.

—No, no voy a ir de caza. Al menos no para buscar alimento. Sigue avanzando.

—Además, no sé dónde puede estar esa habitación, ese garaje. No tengo ni idea, sobre todo si está en tu cabeza.

—¿En mi cabeza? —le dice él mientras siguen avanzando con algunas sacudidas y la lluvia empieza a empapar la estrecha calle—. Todo está en mi cabeza.

28

Percibes la naturaleza evolutiva de las cosas. El agotamiento. Percibes la diferencia. No quieres creerlo. Percibes por ejemplo su respiración, la falta de respiración. Percibes por ejemplo el alcance de sus brazos, la falta de coordinación entre el cerebro y sus manos. ¿De qué se trata esta vez? Por ejemplo, si la cabeza... Por ejemplo, si se permite que el cuello repose apoyado y alineado perfectamente con la espina dorsal y se permite que la cabeza repose apoyada contra la silla Adirondack, entonces el aire que entra y sale por el conducto del cuello puede moverse. Cuando eso sucede, el cerebro y la mente tienden a pensar de forma un poco más fluida.

¿Qué sucede si la cabeza se inclina hacia delante y provoca que el cuello se doble y cree una suerte de bloqueo, fruto del cual no solo se interrumpe la respiración, sino también el pensamiento? El pensamiento y el cerebro no funcionan al mismo nivel que cuando el conducto de la garganta permanece abierto.

Por ejemplo, cuando mantiene los ojos cerrados y los sonidos le llegan de forma más clara. Por ejemplo, la autopista a lo lejos. El sonido de los arrendajos, que siempre me hace pensar en las Montañas Rocosas y en la altitud. El sonido de los mirlos de alas rojizas, de los carboneros. El sonido de los chochines, de los grillos, del aleteo de las alas de las mariposas. Pero ¿qué sucede si lo cortas por completo? Que no hay sonido alguno. No hay pensamiento. No hay ideas. ¿Qué sucede si todo se acaba aquí?

29

Jay iba arriba y abajo por la autopista, con Aubra en el Chevy Nova blanco. Iba de clínica en clínica. Recorrió toda Arizona y después hizo el camino de vuelta. Intentaba encontrar un médico que la ayudase. Intentaba que Aubra recuperase la salud. Todo iba mal por lo que respectaba a eso. Ella estaba perdiendo su espectacular cabello pelirrojo. Estaba perdiendo la vista en sus ojos verdes. Tenía una silla de ruedas de aluminio. Cada vez estaba más y más débil. Jay trabajaba todo el día en la tienda de comestibles y ella estaba cada vez más y más débil. Le hicieron transfusiones. Tuvo una hemorragia cerebral. Se le hincharon las venas. Tuvo que utilizar una bombona de oxígeno. Necesitó vendajes. Le pusieron tubos. Respiraba. Respiraba con dificultad.

Jay lo pasó muy mal. Iba de un lado a otro por carretera buscando una cura para la enfermedad de Aubra. Estaba desesperado. Lo intentó todo, la diálisis, todo. Pero ella no mejoraba. Perdía mucha sangre. Perdía mucho peso.

Él estaba en la consulta del médico y ella estaba casi inconsciente. Volvía en sí. Y se iba. Volvía en sí. Y se iba. Y volvía en sí. Y él le dijo al médico, le dijo al médico: «¿Qué le pasa?». Y el médico se limitó a volverse hacia él y decirle: «Se está muriendo».

Jay estaba en una tienda de comestibles mexicana colocando botellines de kétchup y salsa picante, que alineaba detrás de la mayonesa. El hilo musical estaba conectado. Alguien le preguntó a quién prefería, a los Green Bay Packers o a los Pittsburgh Steelers. Sonó el teléfono, alguien le informó de que había un problema con su mujer. Él se quitó el delantal y salió al aparcamiento. Cuando llegó a su casa, ya estaba allí la policía. Había vecinos contemplando la escena desde el jardín. Corrió al interior de la vivienda. La policía quería saber su nombre. Querían saber el nombre de Aubra. Estaba muerta, pero querían saber su nombre. Querían saber qué tipo de pastillas tomaba. Querían saber el nombre de las pastillas. Cuánto tiempo llevaba tomándolas. Con el rabillo del ojo, él la vio muerta en la cama. Le preguntaron si quería estar a solas con ella. Él respondió que no. Ya era demasiado tarde. Salió de la habitación, entraban vecinos a darle las condolencias. Ante la casa se detuvo una furgoneta blanca de la que bajaron dos hombres fornidos que entraron en la casa. Cargaron en la parte trasera de la furgoneta el cadáver de Aubra envuelto en una bolsa negra. Se marcharon. La policía se marchó. Los vecinos volvieron a sus casas. Un gato cruzó corriendo el jardín.

30

Pandilleros chicanos con monos verde lima.
Jovencitos con Mercurys púrpura tuneados. Chicas de apenas quince años embarazadas. Curas
con sotanas negras. Coros cantando plegarias ca-
tólicas. Las campanas de la iglesia tocan las doce
del mediodía cuando Jay regresa al trabajo en la
tienda de comestibles. Le preguntan a quiénes
prefiere. Los Green Bay o los Pittsburgh Steelers.
Le preguntan qué edad tiene. De dónde es. Del
Este, responde. Del Este.
　　Jay vuelve a casa. Camina un poco inclinado
hacia delante. Lleva cargada a la espalda una
enorme bolsa de comida para gatos de la tienda
de comestibles. Hay gatos callejeros por todo el
vecindario, y algunos de ellos son crías. Echa la
comida para gatos en el borde de la acera frente a
su casa. Entra en casa mientras rompe la bolsa
vacía. Cierra la puerta y arrastra la silla hasta la

ventana. Mira a través de ella y ve a los gatos que acuden desde todos lados. Empiezan a devorar la comida para gatos, pero permanecen siempre en guardia. Jay ve que desde el otro lado de la calle se acercan dos perros que van directamente hacia los gatos. Los gatos siguen comiendo. Los perros siguen acercándose. Jay se pone en pie. Los gatos saltan. Los perros los atacan. Queda toda la comida desparramada.

Iron Street. En el cielo resplandece un atardecer dorado. Auténticamente dorado. Más allá de los que imaginaron los españoles. Cielos auténticamente dorados.

31

En el zócalo de la pequeña ciudad perdida en el norte de California en la que los trabajadores inmigrantes esperan en las esquinas, escondiéndose de los soldados que visten uniformes oscuros. Soldados que se arrastran a través de la maleza. Asegurándose de que no se pronuncia en vano el nombre del presidente. Asegurándose de que no se susurran planes para derribar a las inmobiliarias. Para derribar a los bancos. Escuchan con atención los verbos en español que utilizan los inmigrantes de la esquina. Que han olvidado cómo se conjugan. Ojalá hubieran terminado la primaria.

¿Qué es exactamente un permiso de residencia? ¿Permite a su poseedor trabajar? ¿Permite que su poseedor obtenga la ciudadanía? ¿Permite a su poseedor viajar libremente? ¿Poseer el permiso de residencia significa que no tienes que saltar un muro? ¿Que no tienes que cavar un túnel? ¿Que no tienes que preocuparte por dónde nació tu madre? ¿Por dónde nació tu padre? ¿Entendemos lo que dicen los hombres que hablan en una lengua extranjera en la esquina? ¿Intentamos entender de dónde pueden haber venido? Tal vez los trajo el viento.

Hay camiones cargados de hombres enmascarados que buscan inmigrantes de todo tipo. Buscan a los enemigos de la gente detrás de los cafés. De las zapaterías. De las tiendas de vinos. Llaman a sus jefes. Les dicen a sus jefes que aquí, en el pequeño zócalo de esta pequeña ciudad, todo está silencioso y tranquilo.

32

Si quieres que te diga la verdad, no entiendo cómo soporta la monotonía. Escondido entre las matas de plantas día tras día tras día tras día tras día tras día viendo lo mismo una y otra vez. Aunque internamente algo debe cambiar, externamente permanece casi igual. Tal vez podríamos hacernos amigos. Tal vez si permanezco el rato suficiente aquí sentado él aparezca a mis espaldas. No tengo por qué verle la cara. De todos modos estoy como hueco. Como una concha. Como un huevo de chocolate que por dentro está vacío. Tal vez podríamos entablar una conversación. Él también debe de estar a la espera. Los dos estamos a la espera. Tal vez él tenga algo que decir que pueda aclararnos las cosas a ambos. Por ejemplo, ¿lo ha contratado alguna empresa importante? ¿Lo ha contratado el gobierno? ¿O no es más que un simple fisgón? ¿Por qué le interesa tanto mi monotonía? En cualquier caso no se trata de mi monotonía. También es la suya. La de ambos. La de todo el mundo. Quiero decir que estamos a más de treinta grados. Hay mariposas blancas que se posan en flores moradas. Hay insectos que zumban sobre el césped. Hay capullos de magnolia que florecen. Hay caléndulas, hay tomates. Montones de tomates. Pero ¿qué sucede? ¿Por qué no dice algo? Aunque sea sobre el tiempo que hace. ¿Por qué no habla conmigo? Soy una persona agradable. Lo mismo, lo mismo, lo mismo, una y otra vez.

Qué es lo que te desmoraliza, lo que te hace pensar que nunca lo conseguirás, que nunca conseguirás nada. No sé qué es. La monotonía. La rutina. Para él debe de ser igual. No sé por qué me espía día tras día. Se queda mirando los insectos que pasan sobre el césped, el césped cortado, y de tanto en tanto descienden para posarse en una silla de jardín. ¿De qué se trata? ¿Qué es lo que puede resultarle tan fascinante? ¿Yo? Tal vez no esté fascinado. Tal vez sea todo lo contrario a la fascinación. ¿Qué debe de ser lo contrario a la fascinación? Enredarse en los pensamientos, en los propios pensamientos. Enredarse. Ahí está mirando lo mismo día tras día, mes tras mes. Mariposas que aterrizan en plantas moradas.

33

A veces hace este gesto, sacude la cabeza con violencia de un lado a otro como si algún insecto le estuviese molestando, como si el bicho intentase metérsele por las fosas nasales, pero no se trata de ningún bicho, es solo el cabello sobre la cara, o el imaginario cabello sobre la cara, o él que intenta evitar que el cabello imaginario le caiga sobre la cara. Sacude la cabeza y una de sus hermanas se pone en pie y le peina el cabello con un cepillo, un cepillo con pequeñas cerdas de plástico. También utiliza laca para mantenerle el cabello peinado hacia atrás. El cabello imaginario. Cuando le echa la laca, él siempre deja de respirar por la nariz o intenta dejar de respirar por la nariz, porque obviamente el espray está perfumado y él intenta no olerlo. También hace otro gesto muy curioso cuando se mece. Se mece y junta las manos como si estuviese rezando y pega los brazos desde el codo hasta la muñeca. Afianza los codos sobre el estómago y levanta ambas manos hasta la cara mientras mueve la rodilla de un modo en apariencia errático, aunque en realidad es la pierna la que propulsa los brazos hacia su rostro, y después mueve el labio superior o la fosa nasal izquierda o algo por el estilo porque es evidente que las fosas nasales tratan de decirle algo. Tratan de decirle que las cosas han cambiado.

¡Ambas cejas! Ambas cejas. Ambas. No, no solo la izquierda. La izquierda. ¡Sí! Eso es. Oh, muy bien, eso es. Gracias a Dios, eso es. Gracias. Gracias por eso. Las cosas han vuelto a cambiar. Las cosas han cambiado. Ahora tiene que pedir ayuda a otras personas. Ahora no puede hacer nada sin otras personas. Las cosas han cambiado de verdad.

¿Puedes imaginarte, por ejemplo, que algo te está trepando por la oreja? Es fácil imaginarse algo así. Trepándote por la oreja. Y no tardas en sentir un picor. Es fácil imaginarlo. Te está trepando por el cabello. ¿Hay algo trepándome por el cabello? ¿Una hormiga, por ejemplo? ¿Un gusano? ¿Algún tipo de insecto alado? ¿Un mosquito? Un insecto con patas largas. ¿Un insecto con muchos tentáculos que está buscando por mi ca-

bello algo imaginario? Imaginas y sigues imagi-
nando e imaginas el picor y entonces no tardas en
sentirlo. Sientes un picor. Y no tardas en pedir
ayuda.

34

El chófer abre la puerta de la limusina. Unos pies calzados con sandalias emergen del borde inferior de una vaporosa túnica azul. Él se acerca a la clínica con su andador de aluminio. Estaba esperando este momento desde que lo diagnosticaron. Atraviesa la arena de los jardines de esculturas. De la nada aparece una cascabel verde de Mojave y le perfora el tobillo. Él se desploma. Se revuelca por la arena como un burro herido. El chófer no sabe qué hacer. Desde la clínica acuden corriendo varias enfermeras. Todo el mundo está apabullado. ¡Ayuda!, dice él, y mientras pierde la consciencia atisba la imagen de dos hermanos con botas de nieve que fundaron la clínica más famosa del mundo.

35

Tengo todo tipo de sensaciones. Sensaciones que nunca había tenido antes. Por ejemplo, quiero comprobar si hay algún agente inmobiliario que pueda ayudarme. Que pueda ayudarme a conseguir la casa contigua a la suya. Esté o no a la venta. Necesito conseguir esa casa y mudarme allí. Tengo que contactar con mi gestora. Tengo que contactar con mi corredor de apuestas. Tengo que reunir todo mi dinero. Necesito esa casa. Necesito poder mirar a través de esas ventanas. Necesito comprobar si por las noches se acuesta solo. Si por las mañanas se levanta solo. Si reza o no. Si invoca o no el nombre del Señor. Si cree o no en la vida eterna. Si reza o no una oración antes de empezar a comer. Si ayuda o no a fregar los platos. Necesito vigilarlo las veinticuatro horas del día. ¿Hay algún tipo de interludio, o va directo a buscar el periódico? ¿Lee los titulares?

¿Alguien le lee los titulares? Tengo que averiguar de dónde procede. Adónde va a ir. Y qué pretende conseguir. Necesito averiguar el motivo de la pegatina azul. La pegatina azul de minusválido que lleva en el coche. ¿Se la han proporcionado? ¿Es una falsificación? ¿De verdad le pasa algo? ¿Está fingiendo? Si está fingiendo, ¿debería echárselo en cara? ¿Debo ir directo a su porche y llamar a su puerta? ¿Debo presentarle mis credenciales? ¿Debo lanzarme a la yugular? O simplemente debo dejar que todo siga como está.

36

Hace un año podía oír cómo caían las nueces. Podía oír cómo masticaba las nueces. Podía acariciarle el vientre a su perra catahoula, que había tenido demasiados cachorros. Y que su hijo pequeño, su delgaducho chaval, había insistido en que se quedasen.

Hace un año exacto podía conducir por el Great Divide. Podía conducir por la carretera de la costa. La sinuosa costa. Podía bostezar en el desierto.

Hace un año exacto, más o menos, podía caminar con la cabeza erguida. Podía ver a través del aire. Podía limpiarse él mismo el culo.

37

Luna llena. East Water Street, la misma pequeña ciudad de hace mucho tiempo en plena noche, bueno, no era plena noche cuando partimos, era relativamente temprano y la luna todavía no había salido. Diría que eran las seis y media o las siete. Yo iba en la silla de ruedas con una gruesa piel de cordero en el asiento y una manta navajo sobre las rodillas, y mis dos hijos, dos de mis hijos, Jesse y Walker, iban uno a cada lado empujándome por la calzada de East Water Street. Jamás olvidaré la fuerza que sentí con mis dos chavales detrás. Nos seguían mi hija Hannah, sus dos amigos, mis dos hermanas y mi nuera, éramos nueve y giramos a la derecha junto a una iglesia de tres pisos toda de madera y frente a la que había un pino enorme, y entonces ya estaba anocheciendo.

Crepúsculo, oscuro crepúsculo. Empezaba a

salir la luna. Y llegamos a ese sitio mexicano llamado El Farolillo y me empujaron con decisión en mi silla de ruedas desde la tranquila calle a través de unas puertas batientes hasta las reverberaciones de una enorme sala. Había una creciente cacofonía de voces, conversaciones que se superponían a otras conversaciones risas estridentes vasos entrechocando cubiertos tintineando gente que gritaba para hacerse oír.

Maniobramos a través de la multitud hasta la barra del fondo del restaurante. Acero pulido, muy pulido. Un mural de hileras e hileras de cactus de agave azulados. Cultivados para destilar tequila y mezcal. Pinceladas y todo ese tequila alineado en estrechos estantes plateados clavados en la pared. Hornitos, Cabo Wabo, Sauza, Patrón, Cuervo, Herradura. Todo tipo de variedades de tequila. Pidieron margaritas. Mi hija Hannah, sus amigos Molly y Chad y la mujer de Jesse, Maura, y mis hermanas Roxanne y Sandy, un montón de gente sentada a la mesa y mi silla ocupaba casi dos plazas. Así de voluminosa era, y pedí enchilada de ternera y un Cabo Wabo. El menú llevaba un logo con un faro. Solitario e iluminado. No recuerdo con exactitud de qué hablamos. Probablemente de Trump, del rechazo del país a los mexicanos, de perros, de la catahoula, tal vez de pesca, lo de siempre. Lo relevante es que conversamos mucho, un montón de personas hablando a la vez, toda la mesa era un bullicio de conversaciones. Nos habíamos integrado en el lugar. El bar sonaba como un grupo de marimbas sin música. Mucho ruido y mucho más tequila.

Nuestro grupo, nuestra pequeña banda, salió a la calle. Lo que más recuerdo es sentirme más o menos desamparado y la fuerza de mis hijos. Un hombre en una silla de ruedas empujado por sus hijos para salir de un restaurante repleto a una calle desierta. Un hombre sentado en una gruesa pieza de lana y con una manta navajo sobre las rodillas.

La luna está cada vez más grande y resplandeciente. Una luna rosada. Que ilumina a nuestra pequeña troupe. La luna llena. Dos hijos y su padre, y todos los demás siguiéndonos detrás. Subimos por East Water Street y ahora hay un gran resplandor. La luna llena. Llegamos y subimos por la escalera renqueando. O yo renqueaba. Mis hijos no renqueaban, yo renqueaba.

Sam Shepard empezó a trabajar en *Espía de la primera persona* en 2016. Escribió las primeras páginas a mano, dado que ya no podía utilizar la máquina de escribir debido a las complicaciones de la ELA. Cuando le resultó imposible seguir escribiendo a mano, grabó partes del libro, que después transcribió su familia. Dictó las últimas páginas cuando grabar empezó a resultarle demasiado difícil. Patti Smith, la amiga de toda la vida de Sam, lo ayudó en la revisión del manuscrito. Sam repasó el libro con su familia y dictó las últimas correcciones unos días antes de fallecer el 27 de julio de 2017.

AGRADECIMIENTOS

Hannah, Walker y Jesse quieren expresar su agradecimiento a las hermanas de Sam, Roxanne y Sandy, por el amor y los cuidados que proporcionaron a su padre y por su inestimable ayuda para llevar a término este libro.